Amelia Bedelia

Amelia Bedelia

Por Peggy Parish

Ilustraciones de Fritz Siebel
y Barbara Siebel Thomas

Traducción de Yanitzia Canetti

SCHOLASTIC INC.
New York Toronto London Auckland Sydney
Mexico City New Delhi Hong Kong

ISBN 0-439-05214-9

Text copyright © 1963 by Margaret Parish.
Illustrations copyright © 1963 by Fritz Siebel.
Translation copyright © 1996 by HarperCollins Publishers.
All rights reserved.
Published by Scholastic Inc., 555 Broadway, New York, NY 10012,
by arrangement with HarperCollins Publishers.
SCHOLASTIC and associated logos are trademarks and/or registered
trademarks of Scholastic Inc.

12 11 10 9 8 7 6 5 4   3 4/0

Printed in the U.S.A.   23

First Scholastic printing, January 1999

Para Debbie, John Grier,

Walter, y Michael Dinkins

—Ay, Amelia Bedelia,

tu primer día de trabajo,

y no puedo estar aquí.

Pero te hice una lista.

Debes hacer lo que dice la lista

—dijo la señora López.

La señora y el señor López

subieron al auto

y se marcharon.

—¡Vaya, qué buena gente!

Me va a gustar trabajar aquí

—dijo Amelia Bedelia.

9

Amelia Bedelia entró a la casa.

—¡Qué mansión!

Debe ser gente rica.

Pero ya debo empezar a trabajar.

Aquí estoy mirándolo todo

y con una lista inmensa

de cosas que hay que hacer.

Amelia Bedelia se detuvo

un minuto más.

—Creo que les daré una sorpresa.

Haré un pastel de merengue y limón.

Yo hago muy buenos pasteles.

Entonces Amelia Bedelia

fue hacia la cocina.

Puso un poco de esto

y una pizca de aquello

dentro de un recipiente.

Lo mezcló y le pasó el rodillo.

Pronto el pastel estuvo listo

para meterlo al horno.

—Ya está —dijo Amelia Bedelia—.

Terminé.

—Ahora, déjame ver qué dice esta lista.

Amelia Bedelia leyó:

Cambia la cama.

Amelia Bedelia fue hacia

la habitación de los señores.

"¿Cambiar la cama?

¿Estarán aburridos de tener

la cama en el mismo lugar?

¿Dónde la pondré?", pensó.

Entonces Amelia Bedelia se acordó

de lo que la señora López

le había dicho.

Ella debía hacer exactamente

lo que decía la lista.

—Bueno, de acuerdo

—dijo Amelia Bedelia.

Amelia Bedelia cambió la cama

hacia el otro extremo de la habitación,

casi junto a la puerta.

—¡Ya está! —dijo Amelia Bedelia.

Y estudió la lista otra vez.

Busca el periódico.

—¿A quién se le ocurre esconder

el periódico?

En mi casa lo ponemos siempre

sobre una mesita. . .

Pero, en fin, cada cual a su manera.

Amelia Bedelia echó una última
mirada a la habitación,
y comprobó que allí no estaba
el periódico.

—¡Vaya, sí que lo escondieron bien!

—exclamó Amelia Bedelia.

Amelia Bedelia buscó por todos

los rincones de la casa, hasta que

decidió no perder más tiempo

y continuar con las otras tareas.

Alimenta bien los pájaros.

leyó Amelia Bedelia.

Amelia Bedelia fue hacia la terraza

y encontró una jaula

con dos lindos pajaritos.

Amelia Bedelia revisó

la lista otra vez.

"¿Alimenta bien los pájaros?"

Es exactamente lo que dice.

Muy bien, creo que no será difícil.

Entonces Amelia Bedelia

fue a la cocina y buscó

los alimentos más sabrosos

para los pájaros:

plátanos, zanahorias, tomates

y lechuga fresca.

Amelia Bedelia

hizo una marca en la lista

junto a la última indicación.

—¿Y ahora qué? —dijo.

Dale una vuelta
al perro.

Amelia Bedelia

lo pensó por un minuto.

Miró al perrito que

dormía plácidamente

en el sofá.

Amelia Bedelia tomó al perrito

con cariño y le dio una vuelta

completa en el sofá.

—No sé por qué hay que darle

una vuelta al perro. Tal vez sea bueno

para que duerma mejor. . .

Todavía tengo mucho que aprender.

—¡Mi pastel! —exclamó Amelia Bedelia.

Y corrió a la cocina.

—Justo a tiempo —dijo.

Sacó el pastel del horno

y lo puso a enfriar en la mesa.

Entonces miró la lista.

Mide dos tazas de arroz.

—Es lo que sigue —dijo Amelia Bedelia.

Amelia Bedelia encontró dos tazas.

Las llenó con arroz.

Y Amelia Bedelia

midió aquel arroz.

Amelia Bedelia se rió.

—Esta gente quiere

que yo haga cada cosa. . .

Luego echó otra vez el arroz

dentro del envase.

Del mercado traerán
un pescado y un pollo.

Por favor, limpia
el pescado.

Y ten listo el pollo para la
cena de gala de esta noche.

Del mercado trajeron un paquete.

Amelia Bedelia lo abrió.

Observó el enorme pescado

durante largo tiempo.

—Eso es —dijo—.

Lo limpiaré muy bien.

Y Amelia Bedelia

lavó aquel enorme pescado

con abundante agua

y jabón perfumado.

—Ahora tengo que preparar el pollo

para la cena de gala de esta noche

—dijo con alegría.

Amelia Bedelia comenzó la tarea.

Muy pronto el pollo estuvo listo.

Amelia Bedelia oyó la puerta abrirse.

—Los señores están de vuelta —dijo.

Y se apresuró a recibirlos.

—Amelia Bedelia,

¿por qué los pájaros

tienen plátanos y zanahorias

en la jaula en vez de alpiste?

—preguntó el señor López.

—¿Alpiste? En la lista decía

que los alimentara bien,

y realmente escogí los alimentos

más nutritivos y sabrosos.

Pero parece que no tenían

apetito porque ni siquiera

han probado los tomates

—dijo Amelia Bedelia y suspiró.

—Amelia Bedelia,

¿le diste una vuelta al perro?

—preguntó la señora López.

—¡Lo hice, lo hice!

—dijo Amelia Bedelia—.

Le dí una vuelta completa

en el sofá y ni se despertó.

Es un perrito muy tranquilo.

Entonces, el señor miró a su alrededor.

—¿Buscaste el periódico? —preguntó.

—Claro que sí, busqué por toda la casa,

pero no pude encontrarlo

—dijo Amelia Bedelia con certeza.

La señora López entró

en su dormitorio,

sin encender la luz,

y dio un tropezón tan grande

que casi se cae.

El señor fue hacia el dormitorio

al escuchar las quejas de su mujer.

—¿Por qué cambiaste la cama de lugar?

—preguntó la señora a Amelia Bedelia.

—En la lista decía bien claro que

cambiara la cama, y me pareció

que junto a la puerta estaría bien.

Ahora pueden entrar al dormitorio

y acostarse a descansar enseguida

—respondió Amelia Bedelia.

La señora López fue a la cocina.

—Yo haré la cena.

¿Dónde está el arroz

que te pedí que midieras?

—Lo eché otra vez en el envase.

Pero yo recuerdo que medía

cuatro pulgadas y media

—dijo Amelia Bedelia.

—¿Trajeron el pescado?

—preguntó la señora López.

—Sí —respondió Amelia Bedelia—.

Lo limpié bien, como me indicó,

con mucha agua y jabón.

Ahora el pescado luce muy limpio.

La señora López corrió al refrigerador.

Lo abrió.

.¡El pescado estaba aún entero,

sin limpiar por dentro. . .

—¡Imposible! —dijo la señora López—.

¿Y el pollo? ¿Está listo para la cena

de gala de esta noche?

—Sí, y encontré una caja

muy bonita para llevarlo

—dijo Amelia Bedelia.

—¡Una caja! —exclamó la señora López.

La señora López corrió hacia la caja,

y levantó la tapa.

Allí estaba el pollo.

Y, efectivamente. . .

estaba listo para una gran

cena de gala.

La señora López estaba enojada.

Estaba muy enojada.

Abrió la boca

para decirle a Amelia Bedelia

que estaba despedida.

Pero antes de que pudiera

pronunciar una palabra,

el señor López le dio

algo a probar.

Aquello estaba tan delicioso

que la señora López olvidó su enfado.

—¡Pastel de merengue y limón!

—exclamó la señora López.

—Lo hice para darles una sorpresa

—dijo felizmente Amelia Bedelia.

En ese mismo instante,

el señor y la señora López decidieron

que Amelia Bedelia se quedaría.

Y así sucedió.

La señora López aprendió a decir:

cambia las sábanas de la cama,

dale un paseo al perro,

cocina el pollo,

y cosas por el estilo.

Al señor López no le importaba

si Amelia Bedelia

lavaba el pescado

con agua y jabón.

Solamente le importaba que
ella estuviera allí para que
hiciera sabrosos pasteles
de merengue y limón.